À TABLE, LES OISEAUX!

MICHAEL MARTCHENKO

Texte et illustrations de Michael Martchenko

Les éditions de la courte échelle inc.
5243, boul. Saint-Laurent
Montréal (Québec) H2T 1S4

Conception graphique: Derome design inc.

Dépôt légal, 3e trimestre 1992
Bibliothèque nationale du Québec

Édition originale: *Birdfeeder Banquet*, Annick Press
Traduction française: Raymonde Longval

Données de catalogage avant publication (Canada)

Martchenko, Michael

[Birdfeeder banquet. Français]
À table, les oiseaux!

(Drôles d'histoires; 16)
Traduction de: Birdfeeder banquet.

ISBN: 2-89021-184-3

I. Titre. II. Titre: Birdfeeder banquet. Français.

PS8576.A8593B514 1992   jC813'.54   C92-096430-3
PS9576.A8593B514 1992
PZ23.M37At 1992

la courte échelle
Les éditions de la courte échelle inc.

Marie-Jade met un autre verre sale dans l'évier, elle regarde par la fenêtre et elle aperçoit la mangeoire des oiseaux.

Il y a beaucoup d'action autour. Les oiseaux s'ébattent et les graines volent dans toutes les directions. En fait, il y a plus de graines par terre qu'il n'y en a dans la mangeoire.

«Maman, dit Marie-Jade, je ne crois pas que les oiseaux apprécient beaucoup ces graines. Ils les éparpillent un peu partout.»

«Voyons, répond sa maman, c'est le meilleur mélange de grains et de graines de tournesol qu'on puisse trouver. De plus, ce mélange était à un très bon prix.»

«Hummm!» dit Marie-Jade. Elle met son manteau, va dans la cour, réussit à atteindre la mangeoire, attrape une pleine poignée de graines et la met dans sa bouche. «YEURK! POUAH! Quel goût affreux! Pas étonnant que les oiseaux n'en veulent pas.»

Marie-Jade se précipite dans la cuisine. Elle attrape des pots de beurre d'arachide et de confiture, des boîtes de crème glacée, des chips et une trempette à l'avocat, des noix assorties, ses céréales préférées, la nourriture du chat... et, pour ajouter un peu de valeur nutritive, un pain de blé entier, des flocons d'avoine ainsi que des comprimés de vitamines ABCD.

Elle entasse tout ça dans deux sacs d'épicerie et elle traîne les sacs dans la cour jusqu'à la mangeoire.

Le lendemain, Marie-Jade regarde par la fenêtre. «Terrible!» Il y a des oiseaux partout. Ils crient et ils gazouillent en avalant gloutonnement la nouvelle mixture de Marie-Jade.

Après quelques semaines,
Marie-Jade remarque quelque
chose d'étrange dans la cour.
Tout a l'air en caoutchouc. Les fils
téléphoniques pendent comme des
spaghettis mouillés. Les branches
d'arbres et les arbustes semblent
traîner par terre. La mangeoire
penche vers la gauche et la clôture
penche vers la droite. Le chat, lui,
est très nerveux et ne veut plus
quitter la maison.

Mais la chose la plus étrange, c'est
que les oiseaux semblent plus gros.
Et ils sont plus gros. En fait, ils sont
ÉNORMES!

«Oh! oh! pense Marie-Jade. Peut-être
que ma nouvelle et extraordinaire
mixture est *trop* bonne. Les oiseaux ne
peuvent pas s'arrêter de manger.
Je ferais mieux de ne plus les nourrir
pendant un certain temps.»

Le lendemain matin, Marie-Jade part pour l'école. Elle sort de la maison à toute vitesse et se trouve face à face avec une bande d'énormes oiseaux. Ils regardent tous Marie-Jade, puis ils commencent à grogner en montrant leur estomac.

«Oups! excusez-moi, dit Marie-Jade. Je crois que j'ai oublié quelque chose.» Elle retourne dans la maison et elle attrape un gros sac de sa nouvelle et très particulière mixture.

Pendant ce temps, les habitants
de la ville commencent, eux aussi,
à s'apercevoir que les oiseaux
ont drôlement changé. D'énormes
oiseaux cassent des branches
quand ils s'y posent, d'autres
utilisent des cordes à linge pour
sauter à la corde... et certains
arrachent les tuiles des toits pour
en faire des Frisbee.

Ils s'amusent à pourchasser
les chiens et les chats. Et ils adorent
descendre du ciel en ligne droite
et bombarder leurs cibles
préférées qui sont les hommes
chauves et les voitures propres.
Les gens doivent se promener
avec un parapluie, même
pendant les jours ensoleillés.
Mais pour couronner le tout,
leur gazouillis infernal réveille
tout le monde très tôt le matin.

Les gens de la ville commencent à s'énerver. Ils se rassemblent et se rendent chez le maire qui tient une réunion du conseil municipal. «Monsieur le maire, hurlent-ils, vous devez faire quelque chose pour régler le problème des oiseaux.»

Le maire se gratte la tête.

Un conseiller municipal dit: «Votre Honneur, c'est la faute de Marie-Jade. C'est *elle* qui doit régler le problème des oiseaux.»

Le lendemain, Marie-Jade reçoit une énorme lettre à la maison: «Marie-Jade, si on a un problème avec les oiseaux, c'est de *ta* faute. Il faut que tu trouves une solution.» La lettre est signée par le maire et par tous les membres du conseil municipal.

«C'est sérieux, pense Marie-Jade. Il vaudrait mieux que je fasse quelque chose tout de suite.»

Le jour suivant, Marie-Jade apporte son lecteur de cassettes dans la cour. Elle y insère la cassette de sa mère, celle où sont enregistrés des exercices de conditionnement physique et met le lecteur en marche. Évidemment, les oiseaux se rapprochent, car ils croient que c'est l'heure de manger.

«O.K., bande d'énormes oiseaux, allons-y! crie Marie-Jade. Et un, et deux... et trois... levez ces queues, étirez ces plumes. Un peu plus haut... un peu plus loin.»

Au début, les oiseaux aiment bien cette musique, mais ils s'en lassent rapidement. Ils se débarrassent de leurs jambières et ils commencent à chercher quelque chose à se mettre sous la dent.

Ils avalent tout ce qui se trouve à leur portée. Ils mangent des hot-dogs et des beignets à la gelée. Ils arrêtent même la circulation pour ramasser la gomme à mâcher collée sur la chaussée.

L'automne s'installe doucement. Les jours sont plus froids. Les feuilles commencent à changer de couleur et les oiseaux sont plus gros que jamais.

Un après-midi, Marie-Jade se rend dans la remise du jardin pour y chercher un râteau. Dans la cour, toutes sortes d'oiseaux chantent et gazouillent tout en pliant bagage. Ils entassent des tas de choses dans des sacs à dos. Et ils mettent maillots de bain, shorts, lunettes de soleil, chapeaux de paille et lotion solaire dans de petits sacs de voyage.

«Hourra! s'écrie Marie-Jade, les oiseaux partent, ils s'en vont vers le Sud, ils partent, ils partent, ils partent!»

Elle enfourche sa bicyclette, pédale à toute vitesse jusqu'à l'hôtel de ville et crie au maire et à tous les conseillers:

«L'affaire des oiseaux est terminée! Le problème est résolu. LES OISEAUX QUITTENT LA VILLE!»

Tôt le lendemain matin, le maire, les conseillers, tous les habitants de la ville et la fanfare municipale se rendent au parc pour voir les oiseaux partir. Certains oiseaux volent un ou deux mètres avant de retomber par terre, épuisés. D'autres ne peuvent absolument pas s'envoler, même en battant des ailes de toutes leurs forces.

Les oiseaux sont TROP GROS POUR VOLER! Ils décident alors de défaire leurs bagages et de rester.

Le maire devient tout rouge et commence à s'arracher les cheveux. Les habitants de la ville dévisagent Marie-Jade qui cherche un moyen de passer inaperçue. Soudain, elle saute dans les airs en souriant de toutes ses dents. Elle s'approche du maire et lui murmure quelque chose à l'oreille.

Le maire semble ravi. Il attrape Marie-Jade par la main et se met en quête d'un téléphone.

Quelques minutes plus tard, un fort ronronnement se fait entendre et un énorme avion apparaît à l'horizon. Celui-ci fait un tour au-dessus des gens et se pose au beau milieu du parc.

L'avion s'immobilise, le pilote sort la tête par la fenêtre de la cabine et crie: «FESTIN POUR OISEAUX, DIRECTION SUD — nourriture à volonté. Tout le monde à bord!»

Tous les oiseaux sont excités, ils commencent à jacasser, à gazouiller et à sautiller. Ils traversent la rampe en se dandinant et ils entrent dans l'appareil.

Au bout de quelques minutes, ils sont tous à bord; le pilote remonte la rampe et l'avion décolle.

L'avion fait un tour au-dessus des gens. Le maire, les conseillers, les habitants de la ville et la fanfare font signe de la main, crient et éclatent de rire.

De l'autre côté de l'avion, on peut lire: «CENTRE DE SANTÉ».

«C'est une bonne chose que les oiseaux ne sachent pas lire», pense Marie-Jade en leur disant au revoir.

Achevé d'imprimer
sur les presses de Litho Acme Inc.